KB152621

전지적
짝사랑
시점

전지적
짝사랑
시점

—

내
마
음

너
에
게

들
키
고

싶
은

글 와이낫미디어 이나은
그림 명민호

나무의철학

CONTENTS

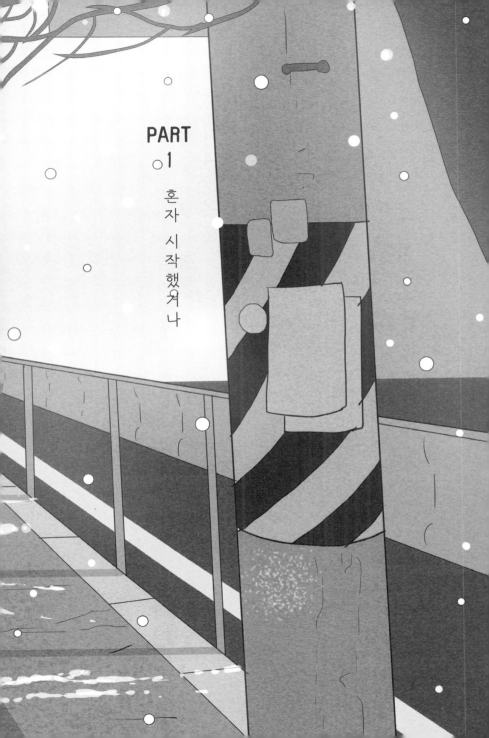

PART
1

혼자 시작했겨나

다시는

혼자 좋아하고, 혼자 상처받고,
혼자 끝내는 사랑을 하지 않겠다고 다짐했다.

솟아오르는 즉시 바닥으로 곤두박질치는
감정의 시소 따위는
두 번 다시 타지 않겠다고 생각했다.

그런데 무색해졌다.
그 사람을 보는 순간.

생각해보니 한 번쯤은 더 해봐도 될 것 같다.

**짝사랑을 한 번도 안 해본 사람은 있어도
한 번만 해본 사람은 없다.**

—
갑

왜 나한테 애매하게 굴어요?
왜 늦은 밤 전화해서 오해하게 만들어요.
왜 자꾸 연락해서 이제 그 연락만 기다리게 만들어요?
왜 나 걱정해주고 나한테 웃어주고…
왜 나한테 그렇게 잘해주는 거예요?

물어보고 싶은 게 너무 많은데
그러면 앞으로 문자 한 줄 못 받을까봐
아무것도 물어볼 수가 없다.

처음부터 나였다, 이 관계의 갑은.
내가 놓으면
언제든 끝날 관계이기 때문에.

하지만 나는 놓을 수가 없다.
아직은.

사람 마음 들었다 났다 하는 것들은
어디에다 집합시켜 놓고,
세상에서 가장 찰진 손바닥을 가진 사람한테
엉덩이 100대씩 맞았으면 좋겠다.

우선 초콜릿 향이 나는 나무로 구해주세요.
그 아이에게 달콤 쌉싸름한 향기가 나거든요.

따뜻한 느낌이었으면 좋겠어요.
손이 닿았을 때 그 온기가 평생 체온에 남을 수 있게.

아! 어깨에 아지랑이 피어오르듯
아련함을 발라주시고요, 풋풋함도 박아주세요.
그리고 반짝이를 조금 뿌려볼게요.
중요한 부분이거든요.

미소는 눈부셔야 해요. 어떤 느낌인지 아시죠?
그러니까 그게….
저는 잘 모르죠. 나 보고 웃어준 적이 없는데.
그냥 최고로 활짝 웃는 모습으로 해줘요.

음, 그러니까
세상에서 가장 아름다운 조각으로 만들어주세요.

아, 실물이랑 너무 다르다고요?
괜찮아요. 어차피 아무도 몰라요. 본인도 모를걸요.

내 첫사랑은 내 기억 속에만 있거든요.

오늘 난 그녀를 불러냈다.
오늘은 꼭 친구 사이를 끝낼 것이다.
어쩌면 눈치챘을지도 모른다. 내가 고백할 거라는 걸.
"날씨 좋네."

웬일로 이 녀석이 밥을 사준다고 했다.
무슨 꿍꿍이가 있을지도 모른다.
요즘 외롭다고 징징거리더니 혹시 내 친구 소개해달라고?
"웬 날씨타령."

이제 꺼내볼까?
"야. 여자들이 보기에 나 같은 스타일 어떤 것 같냐?"

역시. 여자 얘기가 맞았다.
"너? 진짜 별로지~"

생각보다 거침없이 나온 대답이다. 당황스럽다.
"아…."

1차 방어 성공.
근데 누구한테 관심이 생긴 거지? 연정인가?

"어제 나랑 같이 있던 연정이. 걔 예쁘지?
근데 걔 남자친구도 잘생겼어."

잘생겼다? 역시 얘도 잘생긴 사람을 좋아한다는 말인가?
"난? 난 별로냐?"

남자친구가 있다는데도 포기를 안 하겠다?
**"아까 말했잖아. 별로라고.
근데 오늘 갑자기 나 왜 밥 사주냐?"**

 아…. 아직은 때가 아닌가 보다.
아직 그녀에게 난 전혀 남자가 아니다.
"그냥. 미운 돼지 떡 하나 더 주는 거지 뭐."

포기했나보다. 어휴. 이렇게 답답한 애를 좋아하다니.
나도 참 이상한 애다.
"돼지한테 떡으로 맞아볼래?"

짝사랑은 눈치 게임이다.
누군가는 먼저 1을 외쳐야 시작될 텐데.

一 몽글몽글해

사랑까지는 잘 모르겠어. 이걸 사랑이라고 말하기엔 투 머치해. 뭐랄까 너에 대해서 잘 알지도 못하는데 벌써 사랑한다고 말하는 건 피자 다섯 조각을 한 번에 먹는 것 같아. 소화 못할 만큼 부담스럽지 않고 딱 적당하게 담백한 마음이야, 내 마음은. 그러니까 네가 좋아. 아! "피자 좋아", "우리 댕댕이 좋아" 할 때, 그 '좋아'는 아니고 음…뭐라고 말할 수 있을까. 좋아한다는 말은 너무 심심하고 사랑한다는 말은 너무 부담스러우니까…. 나는 너를 약간 몽글몽글해. 더도 아니고 덜도 아니고 그냥 딱 몽글몽글해.

사실 나는 시험 기간이 좋아.
쌓아 놓은 전공책 사이로 네 얼굴 마음껏 볼 수 있고
시험 범위를 핑계로 계속 너에게 말을 걸 수도 있고
밤샌다며 새벽까지 같이 있을 수도 있잖아.

오늘도 도서관 가기 전,
문구점에 들러 포스트잇을 사 왔어.
선물 고르는 것처럼 이것저것 뒤적거리면서
아주 신중하게.
물론 글씨도 최대한 깔끔하게 쓰려고
연습하고 또 연습했지.

"잠 깨러 편의점 갈래?"

이거 하나 쓰는 데 포스트잇 세 장을 버렸어.
그래도 전혀 아깝지 않아.

내가 건넨 포스트잇을 물끄러미 바라보다
날 보며 고개를 끄덕이는 너의 눈빛, 그 3초가
핫식스보다 짜릿하거든.

얼마나 시험 기간이 좋으냐면
사실 나…어제 시험 끝났는데
오늘도 너랑 같이 밤새는 거야.

그러니까 네 시험은 영영 안 끝났으면 좋겠다.

一 꿍꿍이

누가 봐도 잘 어울릴 것 같은 우리.

고작 우연으로 마주쳤겠어요?
우연,
그런 건 원래 다 누군가의 계획이거든요.

보기와 다르게 로맨틱한 걸 좋아하는 것 같아서
우연인 척 꾸며봤는데.
반응이 좀 귀여워요.

그럼 다음 플랜은?

알면서도 눈 감아주기

짝사랑을 이루기 위한 완벽한 계획

눈 딱 감고 용기 내 보기

우연을 운명으로 만드는 법

08:00 오늘 너의 동선과 나의 동선이 어떻게 되는 날이
더라…. 마주칠 가능성이 있는 날인가?

11:00 점심 같이 먹자고 말해볼까? 어제도 물어봤는데
오늘 또 물어봐도 괜찮을까?

13:00 점심은 먹었을까? 누구와 먹었을까? 그럼 커피라
도 마시자고 할까?

15:00 날씨도 화창한데 뭘 하고 있을까? 혹시 그 길을
또 걷고 있는 건 아닐까? 가봐야겠다…!

17:00 오늘 점심 먹자고 안 했으니까 저녁 먹자고 말해
보는 건 괜찮지 않을까?

19:00 앗! 너의 SNS에 사진이 올라왔다! 오늘 먹은 저녁인 것 같은데…맞은편 카디건은 누구지…?

20:00 맞은편 카디건은 누구지…?

21:00 맞은편 카디건은 누구지…?

22:00 카디건….

01:00 그래. 처음부터 나는 안 되는 거였어. 당연히 다른 사람에게도 인기가 많겠지. 내 주제에 무슨….

03:00 괜히 혼자 들떠서 상처받기 전에 여기서 그만두자. 사실 아직 나도 막 그렇게 엄청 좋아하는 건 아니니까. 그냥 여기서 그만두면 돼. 그만하자.

<다음 날>

08:00 오늘 너의 동선과 나의 동선이 어떻게 되는 날이더라…. 마주칠 가능성이 있는 날인가?

— 남자사람친구

요즘 남사친이랑 수업 끝나고 점심을 함께 먹는 일이 많아졌어요. 오늘도 뭘 먹을까 메뉴를 보고 있는데, 그 녀석이 대뜸 멋대로 주문을 하는 거예요.

"뭐야, 왜 니 맘대로 시켜?"
"왜긴, 너 그거 잘 먹잖아."

순간 심장이 쿵…. 밥을 어떻게 먹었는지 기억도 안 나요. 도대체 이 기분 뭔가요…?

혹시…날 좋아하고 있는 걸까요?

천천히, 서로에게 물들어가기

친구에서 연인이 되고 싶다면

오
해
로
부
터
시
작
된
다

모
든
짝
사
랑
의
비
극
은

들어보세요.

일단 연락이 자주 와요.
열 번 중 여덟 번은 먼저 연락이 온다니까요?
아니 뭐 사실 내용은 별거 없지만요.

그리고 자주 만나기도 해요.
아무리 바빠도 한 번씩은 꼭 날 잡아서 만나요.
아니 뭐, 꼭 단둘이 만난 건 아니지만요.

음 그리고 잘 챙겨준다고나 할까?
아니 뭐 진짜 사소한 것들이라 말하긴 쑥스럽지만
정말 의심스럽다고요.

그런데 진짜 대박은 며칠 전 일이에요.
둘이 나란히 걷고 있을 때였어요.

높은 계단을 오르는데 갑자기
제 손을 덥석 잡아 올려주는 거 아니겠어요?
제 오른손을 말이에요! 이 손 보이세요?
정말 덥석 잡았다니까요!
제가 보기엔 이건 좀 확실한 것 같아요.

그러니까, 내가 좋아하고 있나봐요.
그 사람을.

—
할
랑
말
랑

할랑말랑: 할까 말까의 전라도 지방의 말.

좋아할랑말랑하는 순간이 있다.

좋다고 말하면 왠지 너무 무겁고
싫다고 말하면 왠지 너무 아쉬운
좋아할랑말랑한 말랑말랑한 순간.

만약 할랑말랑이라는 외줄이 있다면
나는 그 위에 올라서서
흔들흔들 균형을 잡고 있을 것이다.

그러다 앞으로 넘어지면 그에게 할랑.
뒤로 넘어지면⋯그래도 그에게 말랑.

앞으로 넘어질지
뒤로 넘어질지

그건 사실
"후~" 작은 입바람으로도 정해지는 거지만.

볼펜을 딸각거리는
기다란 손가락에 먼저 눈길이 갔지.

나도 모르게 멍하니 바라보다
화들짝 고개를 돌리려는 찰나,

아, 결국 닿고 말았지.
너와 내 시선이.

반하는 건 순간이다.
순간은 사소함에서 나온다.

신경 쓰기 싫은데 신경 쓰이고
한 번이라도 더 보려고 괜히 쳐다보고

그러다 눈이 마주치면 반가운데
괜히 나 혼자 그런 듯해 피하고

그 사람이 보낸 문자메시지를 물끄러미 바라보다
휴대폰 액정에 비친 실없는 내 얼굴에 깜짝 놀라고

허튼 생각이라며 고개를 흔들다
나도 모르게 또 멍하니 그 사람을 생각하게 되는….

내가 당신을 언제부터 좋아하게 된 건지 잘 모르겠지만
이렇게 설레지 않는 척
표정 짓던 순간부터 아니었을까.

좋아하지 않는다

좋아하지 않는다.
좋아하지 않는다.
나는 너를 좋아하지 않는다.

아까부터 계속 휴대폰만 바라보고 있지만
알림 소리 한 번에 심장이 쿵 내려앉지만
어쩐지 자꾸만 무언가를 기다리는 것 같지만

나는 너를 좋아하지 않는다.
좋아하지 않을 것이다.

이번에도 나만 쿵 내려앉는 것 같으니까.
이번에도 나만 기다리는 것 같으니까.

좋아하지 않는다.
나는 너를 좋아하지 않을 것이다.

나는 너를 좋아하지 않을 것이다

좋아하지 않는다

— 친구를 짝사랑한다는 것

좋아하는 것만으로도 죄책감이 들게 한다, 너는.
꾹꾹 누르고 참고 버텨도
너를 향한 마음이 결국 흘러넘친다.
어쩌다 너를 침범이라도 하면
거울처럼 맑은 너의 눈동자에
초라한 내 모습이 보인다.

"우리 좋은 친구 맞지?"

그런 너의 눈빛에 나는 넘쳐버린 내 마음을
또 조용히 닦아 치워버리고 만다.

친구를 하지 말았어야 했다. 너랑은.
정말이지 이건 너무 힘들다.

천국과 지옥을 오가는 건 단 1초랄까

누군가를 짝사랑하고 있다면

좋아해요.

내 마음 고스란히 들켜줄게요.

당신에게만큼은 자존심 세우지 않을 거예요.

그러니깐 조금만 내게 용기를 내줘요.

一
내
마
음

어릴 적, 곧잘 하던 말이었다.
"뭐! 내 마음이야!"
할 말 없지만 우기고 싶을 때
프리패스와 같은 말이었다.
내 마음이니까 내 마음대로 하겠다는 무적 논리.

그런데 어른이 되면서 이 말을 조금씩 잊어갔다.
내 마음만 있는 게 아니라 상대의 마음도 있다는 걸
경험을 통해 배웠기 때문일까?
나만의 프리패스는 점차 퇴화되었다.

그렇게 조금씩 내 마음을 잊었나보다.
그러다 어느 순간부터는
내 마음보다 네 마음이 앞서기 시작했다.
네 마음을 생각하느라 내 마음엔 무심했고
결국 네 마음에 따라 내 마음을 결정지었다.

그래서 이렇게 짝사랑도 시작하기 어려워진 걸까?
내 마음만 있어도 시작할 수 있는 사랑을
네 마음을 생각하느라
결국 또 이렇게 시작도 하기 전에 접고 있다.

내 마음이라고 땡깡 부리던
그때의 나로 돌아가고 싶다.

그래서 더는 좋아하지 말라는 너에게
이렇게 말하고 싶다.

"좋아하든 말든. 뭐! 내 마음이야!"

一 그래도 짝사랑

그래도 짝사랑을 하고 싶어요.
그래도 사랑이잖아요.
그래도 그대와 나 사이에
사랑이라는 단어가 낄 수 있잖아요.

평범한 나의 마음이 자연스럽게 너에게 닿기를

54와 46이 만나 100을 이루듯 온전한 사랑이 되기를

"오늘도 캐러멜 마키아토 맞으시죠?"

그녀가 나를 보고 싱긋 웃는다.
나는 그저 고개를 끄덕인다.

고소한 원두 향이 카페 안을 가득 채운다.
같은 시간, 같은 공간에서
그녀와 나는 같은 향을 느끼고 있다.
한 달 전 즈음부터 그녀와 나 사이에
미묘한 기류가 흐르기 시작했다.
그녀는 나를 보면 유난히 밝게 웃어주고 수줍어했다.
나는 그런 변화를 놓치지 않고 그녀의 마음을 읽었다.

그녀가 만든 캐러멜 마키아토가 나왔다.
어제는 시럽이 지그재그 벌집 모양이었는데
오늘은 꽃 모양이다.

오늘인가? 그녀가 먼저 신호탄을 쏘아올렸다.
이렇게 용감한 그녀에게
나는 온 진심을 다해 응해줄 것이다.

우선 자신감 있게 다가가
명찰에 적힌 그녀의 이름을 부르고
그녀의 두 눈을 마주 볼 것이다.
그리고 매일 생각해온 그 말을
부드럽지만 단호한 어조로 말할 것이다.

"저 혹시…남자친구 있으세요?"

그럼…얼큰하고 시원한 김칫국이 완성이다.

잘못된 예

안녕하세요? 일단 놀라게 해서 죄송해요ㅜㅜ
3주 전부터 쭉 지켜봤는데 너무너무 예쁘세요.
저는 지금 회계사 시험을 준비하고 있고요.
아 절대 자랑은 아니지만 친구들 사이에서
나름 호감형이라는 소리를 많이 듣습니다.
혹시 남자친구 없으시면 커피 한잔 하실래요?

010 - xxxx - xxxx

P. S. 남자친구가 있으시다면 이 쪽지는 버려주세요.

바른 예

친해지고 싶어 용가를 내봅니다.
연락 기다릴게요.

OIO- xxxx- xxxx

단, 항상 예외는 존재합니다.

일단은 원하는 대로 그려 보기

짝사랑 방정식의 그래프

너의 손글씨로 쓰인 메일 주소가
내 책상 위에 놓여 있다.
가만히 바라본다.
종이를 들어 바라보기도 하다 다시 내려놓고
손가락으로 책상을 톡톡 두드리다
펜을 꺼내 종이에 따라 써보기도 한다.

큰일이다.
왜 너의 메일 주소까지도 이렇게 마음에 드는 걸까.
너를 좋아하기에
이 생명력 없는 알파벳 조합에도 반해버린 걸까.

너를 좋아하는 사람은 많겠지만
너의 메일 주소를 좋아하는 사람은
나 하나였으면 좋겠다.

수많은 네 것 중에 이 하나 정도는
오직 나만 가질 수 있으면 좋겠다.

종민이가 나갔다.
역시 종민이. 눈치껏 비켜준 것 같다.
아까부터 쳐다보고 있었는데, 모를 리 없겠지?
"쉴 때 뭐 해?"

우리 둘만 남았다.
아, 무슨 얘길 하지. 괜히 어색한데.
"거의 영화 보러 가."

"〈500일의 썸머〉…재개봉 했다는데, 봤냐?"

당연하지. 다섯 번쯤 봤나? 내 인생 영화인데.
"아니. 못 봤어. 그거 재밌다 그러던데?"

같이 보자고 할까? 무슨 핑계로 같이 보자고 하지….
"어…그거 재밌대."

뭐야? 그게 끝? 아니 같이 보자는 게 아니고?
"어…그래 뭐. 그냥 다운 받아서 볼까…."

어어 안 되는데 나랑 같이 봐야 하는데…!
같이 보자고 해야 하는데!
"부…불법 다운로드 하지 마. 신고할 거야."

어휴 됐다. 기대한 내가 바보지.
"뭐래."

(둘이 동시에 과자를 집다가 손이 닿는다.)

앗…소…손이 닿았다. 시…심장이 터질 뻔했다.
"흐음."

아…깜짝이야….
"엄마야."

 "너…호…혹시…수족냉증 있니?"

얜 진짜 아까부터 자꾸 뭐라는 거야.
"뭔 상관이야! 너 이 과자 먹지 마!"

하, 하고 싶은 말은 안 나오고
왜 자꾸 쓸데없는 말만 나오는 거지….
"그거…내가 산 건데. 하하."

어휴 답답해. 이게 도대체 밀당이야 뭐야.
"그래그래. 너 다 먹어라. 다!!"

분명 드라마에선 남자가 멋있게 말도 잘하던데….
왜 난 하나도 생각이 안 나지….
"그래 그럼~"

분명 날 좋아하는 것 같은데, 또 이럴 때 보면
아닌 것 같기도 하고. 나 혼자 김칫국 마신 건가.
"그래 그럼?!"

 수능 언어 만점이었는데, 나….
제발 끝내주는 멘트 좀 생각나라, 제발!
"야, 수족냉증이면 그 뭐야 발, 발도 차갑냐?"

아 진짜 이…
"아 시끄러. 배고파.
야, 우리 종민이한테 피자나 시켜먹자고 할까?"

"그럼 피자 먹고 나랑 사귈래?"

!!!

 "아, 아님 피자랑 사귈래?"

???

"피…피자 올 동안만 사귈…."

드라마 속 고백은 로맨틱
현실 고백은 그냥 틱

一

수
요
일

매주 수요일을 기다리는 기분 알아요?

예쁜 옷을 사면 수요일에 입으려고 남겨두고
화요일부터 온종일 들떠 있어요.

올빼미형 인간인 내가 수요일 아침에는 말똥말똥하고요,
하루 1분 1초가 설레요.

평범한 일상 속, 별거 아닌 수요일을 가장 좋아하게 된 건
당신을 만나는 날이라 그런가봐요.

미칠 듯이 햇볕이 내리쬐다
하늘에 구멍이라도 난 듯 비가 쏟아지는
변덕스러운 초여름 날씨.

나처럼 이상한 아이의 마음과 비슷하고
너처럼 알 수 없는 아이의 말과 비슷해서

나를 닮은
너를 닮은
짝사랑을 닮은 엷은 여름이 좋아.

계절이라 좋아

사실 너를 좋아하기 시작한

그 신의 이름은 바로 술(酒)

말도 안 되게 이루어주는 신이 있으니

가끔 말도 안 되는 일을

一

고
민
상
담

“오빠, 오빠. 저 상담 좀 해주시면 안돼요?”

“응. 뭔데? 말해봐.”

“아니 이게…좀 창피하긴 한데…남자 얘기거든요.”

“그래. 말해봐. 남자 입장에서 말해줄게.”

“며칠 전에 소개팅하고 나서 두 번 더 만났거든요?
근데 그 남자가 만날 때는 엄청 잘해주는데
막상 문자메시지는 엄청 늦게 답하고 그래서요.”

“남자가 마음이 없네. 뻔하지.”

“아니 근데 뭐, 바쁜 일이 있을 수도 있잖아요.”

“그런 건 좋아하는 사람 앞에선 다 무너지지.
좋아하는 사람이랑 연락할 땐
샤워할 때도 휴대폰 들고 들어갈걸?”

"근데, 만나면 진짜 잘해준다니까요.
보고 싶었다고도 하고. 곧 사귈 것처럼 잘해줘요."

"너 만날 때 그 사람 휴대폰 봐, 안 봐?"

"안 봐요! 아예 꺼내지도 않아요.
나한테 완전 집중해요!"

"그게 너랑 연락이 잘 안 되는 이유야.
너 안 만날 땐 다른 여자한테도 그러나 보지."

 "…오빠가 너무 일반화하는 거 아니에요?
좋아하는 사람한테는
매일 연락을 많이 한다는 거예요?"

"좋아하는 사람이면 매일 아침 눈 뜨면
잘 잤는지 궁금하고
잠들기 전까지 뭐 하는지 궁금하다가
잘 때도 좋은 꿈 꿀 예정인지 궁금하단 말이지."

"그냥 휴대폰을 자주 보는 사람이랑
그렇지 않은 사람일 수도 있잖아요.
오빠처럼 연락을 자주 하는 걸
좋아하는 사람도 있고…."

"나도 휴대폰 자주 보는 거 귀찮은데?"

 "엥? 왜 나한텐 매일 연락…."

"내가 너 좋아하니까. 남자 별거 없어. 알겠냐?"

세상엔 두 종류의 남자가 있다.
고민 시키는 남자와 고민 들어주는 남자.

一
어
린
이

내가 좋다고 하면
어리다고 자꾸 밀어내는데
내가 어리다고 해서
마음도 어리다고 생각하면
그건 당신 생각이 어린 거니까
그럼 당신도 어린 게 되네?

그럼 같은 어린이끼리
만나봅시다 좀.

—
아
저
씨

고불고불하게 말린 그 머리는
파마를 한 건가요. 아님 타고난 건가요?
추위에 약한 건 알겠는데
너무 많이 껴입은 거 아닌가요. 팔은 움직이나요?

와~배부르겠어요.
방금 하품하다 하루살이 한 마리 또 드셨어요.
그 손…아까 옆구리 긁던 손 같은데
그 손으로 햄버거 먹어도 되나요?

또 뭐 깜빡하셨나봐요.
그렇게 멍한 표정으로 생각해도
나이 들어서 잘 안 떠오르실 텐데….

그러니까 오늘도 내 말은요….

좋아한다고요.
하루 종일 이렇게 시비 걸고 싶을 만큼 많이요.

고린내 날 것 같은 그 오래된 가방도 좋고요.
웃을 때 벌어지는 천진난만한 입 모양도 좋아요.
좋아한다고 말하면
원숭이 엉덩이처럼 빨개지는 얼굴도 좋아요.

매번 나를 피하는데,
좋아하는 이유가 이렇게나 많은 걸 어떡해요.

그러니까 오늘은 대답해줘요.

또 어리다고, 동생일 뿐이라고 말하기에는…
오늘 아끼는 향수 뿌리셨잖아요.

─ 나도 사랑···

그래도 다시 사랑할 수 있다면,

짝사랑이라도 하고 싶다.

一
생
기
면

호호호,
남자친구 생기면 제일 먼저 놀이동산에 갈 거예요!
커플티도 맞춰 입고 커플 운동화도 신고
커플 머리띠도 할 거예요!
아! 그리고 음료수는 꼭 빨대 하나로 마실 거예요.
크큭.
저 사실 무서운 놀이기구 엄청 잘 타는데요.
괜히 무서운 척 소리도 꽥꽥 지르고
살짝 안겨도 볼래요.

음,
여자친구 생기면요?
그냥…
날 좋아해줘서 고맙다고…
이제라도 나에게 와줘서 고맙다고…
말해줄래요.
그런데 그날이 오기는 할까요?

남친이 생기면.
여친이 생기면.
하여
사랑이 생기면.

一
너
는
나
를
좋
아
하
는
걸
까

요즘 따라 너와 눈이 자주 마주치는 건
네가 나를 계속 보고 있었다는 게 아닐까?

사소한 장난을 치는 것도, 무방비한 웃음을 보이는 것도
나를 좀 더 가깝게 느끼고 있다는 게 아닐까?

그러니까 오늘처럼 나를 걱정해준다는 건
내가 너에게 꽤 신경 쓰이는 사람이 됐다는 게 아닐까?

그렇다면….
그렇다면 너는 정말 나를 좋아하는 게 아닐까?
그런데 그게 아니면 어쩌지?
나는 너를 좋아하게 된 것 같은데.

너는 나를 좋아하는 걸까 고민하던 매 순간이
내가 너를 좋아하게 된 이유가 되어버렸다.

당사자 1

좋아하는 사람이 생겼어요.
아무도 모르게 짝사랑 중이에요.

그 사람보다 먼저 출근해야 해요. 그러곤 그 사람이 사무실에 들어오면 재빠르게 그 앞을 지나가는 거죠. 그럼 꼭 웃으며 인사해주거든요. 일과 중엔 복사기 앞이나 탕비실 근처가 좋아요. 의심받지 않고 무심한 척 주변을 둘러볼 수 있거든요. 그러다 운이 좋으면 그 사람과 눈이 마주칠 수도 있어요. 퇴근할 땐 모든 소리에 귀를 기울여야 해요. 그 사람이 자리를 정리하는 소리가 들리면 재빠르게 나도 가방을 챙겨야 버스 정류장까지라도 같이 갈 수 있거든요.

언제까지 이렇게 몰래 좋아할 수 있을지 모르겠어요.
소심해서 어떻게 고백을 해야 할지도 모르겠고요.

재미있는 일이 생겼어요.
회사 안에 미어캣이 있나봐요.

목을 쭉 빼고 두리번거리다 나와 눈이 마주치면 화들
짝 놀라 애꿎은 허공에 눈길을 뿌리는 동그란 눈을 가
졌어요. 먼 길 빙빙 돌아서 내 앞을 지나가고는 우연인
척, 배시시 웃으며 인사하는 걸 하루에 다섯 번씩 하는
부지런한 미어캣이에요. 퇴근할 땐 천천히 짐을 챙겨야
해요. 미어캣이 허둥지둥 따라나오다 가방을 쏟은 적이
있거든요.

언제부터인지는 잘 모르겠지만
계속 따라다녔으면 좋겠어요.
조금만 더 지켜보고 싶어요. 너무 귀엽잖아요.

쟤들은 도대체 왜 저러는 걸까요?
제발 그냥 아무나 고백하고
둘 다 내 눈앞에서 사라졌으면.

몰래 짝사랑하는 사람들의 특징 :
아무도 모를 줄 안다.

누군가에겐 백번 곱씹게 될 순간

누군가에겐 지나가는 순간이

—
짝사랑인지 단계론

1단계. 어쩐지 눈에 자꾸 띄는 사람이 생긴다.

2단계. 그의 빈자리도 눈에 들어오기 시작한다.

3단계. 안 보이다 보였을 때, 반가움이라는 감정이 느껴진다.

4단계. 혼자 있을 때도 생각난다.

5단계. 그가 문득 내 상상 속에 자리를 잡는다. 짝사랑이 확실하다.

말도 안 돼. 누구야 넌?

머리 모양도 그대로고, 옷도 예전에 봤던 건데.
키가 더 크거나 살이 빠진 것도 아닌데.
웃을 때 보이던 삐뚤어진 토끼 이도 그대론데.
뭐 하나 달라진 것이 없는데 분명.

오늘 처음 본 것 같아.
그렇지 않고서는 이렇게 설렐 수 없잖아.

왜 너를 좋아하게 되었냐고 물어보면
나는 뭐라고 설명할 수 있을까.

지난 3년 내내 무채색 같던 사람이었는데
어느 날 갑자기 보라색이 되어서
사랑할 수밖에 없었다고 하면

너는 내 말을 이해할 수 있을까?

연인이 되기 위한 조건 ─ 친구에서

"어? 너도 홍시 좋아해?"

누가 먼저 꺼낸 말이었는지 잘 기억나지 않지만
그건 우리의 첫 데이트 구실이 되었다.
친구였던 우리가 단둘이 만나기엔 어쩐지 민망해
홍시를 좋아한다는 말도 안 되는 공통점으로
꾸역꾸역 홍시를 파는 카페를 찾아냈고,
올해 들어 가장 춥다고 떠들썩했던 한겨울에
우린 아이스 홍시를 먹었다.

참 이상한 날이었다.
많은 사람 사이에서만 보던 너와
오롯이 함께 시간을 보낸 것도
너에게 코트가 썩 잘 어울린다는 걸 알게 된 것도
너에게 예쁘게 보이려 나도 모르게 노력한 것도
온통 낯선 것투성이였다.

그런데 아이스 홍시는 무슨 맛이었더라….
차디찼던 그대로.

친구에서 연인으로 넘어가기 위해선
뭔가 특별한 게 필요하다.

그날의 아이스 홍시처럼.

一
전
지
적
짝
사
랑
시
점

짝사랑하는 사람에게만 보이는 세상.

이론도 법칙도 확률도 존재하지 않고
너와 나, 우리 둘의 감정만 폭죽처럼 튀어오르는,
맞아도 틀리고, 틀려도 맞는
극과 극을 오가는 결말 없는 이야기.

언제나 어디서나
시간과 공간을 초월해 동시적으로 존재하지만

어디에도 없는.

PART
2 더
좋
아
하
거
나

=
달

일본 소설가 나쓰메 소세키는
'I love you'를 '달이 참 아름답네요'라고 번역했대요.
어쩐지 말하기 쑥스러웠던 걸까요.

좋아해요. 아니 사랑해요.
나는 다 보여줄게요.
나는 그럴 수 있어요.

당신은 말하지 않아도 돼요.
쑥스러우면 지금처럼 말하지 않아도 괜찮아요.

그냥….
오늘 밤, 달이 보이면 내 생각 한 번만 해줄래요?

이 마음이 나 혼자만의 그리움은 아니라고
달에게라도, 속삭여줄래요?

=
매
일

그
대
와

그대와 이야기하고 싶어요. 아무것도 아닌 이야기를 특별하게 나누고 싶어요. 오늘은 기분이 어땠는지, 버스에서 본 하늘 색깔은 어땠는지, 점심은 어떤 게 좋을지 하루 종일 이야기할 수 있어요. 그저 그대와 작은 일상을 나눌 수 있는 사람이 되고 싶어요. 그대와 눈을 마주 보고 싶어요. 당신의 눈 속에 살고 있는 나를 보고 싶어요. 나의 눈을 진실로 깨끗하고 맑게 당신에게 보여주고 싶어요. 그대는 어떤 마음인지, 내가 그대를 얼마나 사랑하는지. 꾸밈없이 방해 없이, 그대와 마주하고 이야기하고 싶어요.

그저 마주 보고 이야기하는 것. 이렇게 너무나 사소한걸 그대와…그대와…그대와 하고 싶어요.

= 여
행
중

너와 함께 있을 때면 나는 마치 여행 중인 것 같아. 어쩜 이렇게 모든 게 새롭고 설렐 수 있을까? 익숙한 곳도 너 하나로 새로운 풍경이 되고, 지루했던 일상은 온종일 기대로 들뜨게 돼. 여행을 떠나면 잠시 두고 온 현실이 기억나지 않듯, 널 만나기 전에 내가 어떻게 살아왔는지 생각나지 않아. 오로지 오늘은 무얼 할까, 어떤 일이 벌어질까 하는…. 생각은 단순해지고 감정만 가득 차올라. 지금 나는 어디로 가고 있을까. 너와 나는 어디쯤일까. 너는 잠시 머무는 사람일까, 스쳐 지나가는 사람일까. 이건 바람 같은 아주 잠깐의 설렘일까, 늘 그렇듯 끝이 있는 여행일까.

= 사랑은 나 혼자서

나는 너와 연애 중이다.
"잠깐만, 문자 좀 보내고."

나는 너를 사랑하는 중이다.
"뭐해~"

네가 곁에 있어 좋은 점이 많다.
"미안!"

네가 곁에 없다는 건 상상할 수 없다.
"알았어~"

가끔 불편할 때도 있지만.
"다 보냈어, 미안."

가끔 불안할 때도 있지만.
"오늘 우리, 밥 먹고 뭐 할까?"

"아. 내가 얘기 안 했었나?
나 이따 친구 생일파티 가야 해."

"…"

"미안. 내가 말한다는 걸 깜빡했나봐.
다음엔 꼭 미리 말할게. 진짜 미안해!"

너는 또 미안해한다.
나는 또 너에게 미안한 사람이 되었다.
"…"

지난번에도 이해해줬으니 이번에도 이해해주겠지?
이번엔 정말 화가 난 건가? 왜 말이 없지?
"화났어?"

오늘 우리가 얼마 만에 보는지
너에게는 중요하지 않나보다.
"우리…오늘 얼마 만에 보는 줄 알아?"

"아. 나도 웬만하면 안 가겠는데. 생일이잖아.
정말 미안해!"

나는 너에게 화를 낼 수 없다.
오늘도 나는 괜찮다고 해야 한다.
"그래. 그럼 오늘은 내가 먹고 싶은 거 다 먹는다?"

역시 이해해줄 거라 생각했다.
너는 다른 여자들과 다르게 나를 이해해준다.
내가 너를 좋아하는 이유 중 하나다.
"그래그래."

네가 나를 사랑하지 않는다는 걸 알기에
오늘도 나는 쿨한 여자가 된다.
그렇지 않으면 네가 떠날까봐.
"다음엔 오래 같이 있는 거다!"

연애는 둘이서
사랑은 나 혼자서.

전할까 해

이렇게라도

너를 너무 많이 좋아해서 미안해.

연인 사이에도 밀당이 꼭 필요하다고 하더라. 한 사람이
너무 마음이 앞서나갈 땐, 나머지 한 사람을 위해 기다려
주고, 너무 큰 마음은 그 사람의 작은 마음을 위해 줄여
주기도 해야 한다고. 그래서 나는 계속 줄이고 기다리고
있어. 언제나처럼 내 마음이 항상 너보다 많이, 아주 많
이 크다는 걸 감추고 있어. 미안하지만 너무 많이 좋아해
너를. 네가 보고 있는 것보다 네가 상상할 수 있는 것보
다 그 이상으로 훨씬 많이 좋아해. 이 마음을 들키면 네
가 도망갈까봐 말 못할 만큼 좋아해. 그래도 이 마음을
표현하고 싶어 미칠 땐 이렇게 편지를 써. 사실 이 편지
를 받는 사람은 또 내가 되겠지만.

이렇게라도 전할까 해.

= 그
만
좀

알았다면 좀 대답을 하든가
몰랐다면 좀 알아보려 하든가.

좋으면 좋다, 싫으면 싫다,
애매하면 애매하다 말이라도 해주든가.
말하기 싫으면 눈치라도 주든가.
눈치 줘도 내가 못 알아채는 거면
호리병에 쪽지 넣어서 한강 물에 띄워보든가.
그것도 어려우면
그냥 눈 딱 감고 나 한번 만나보든가.

그만 좀
나 좀 어떻게 해줘라 이 자식아!

세상에서 가장 단단한 다이아몬드 원석 같은 내 멘탈이
금방이라도 부서질 것 같은 순간이 오면
재빠르게 작동하는 자동 회로, 바로 행복 회로.

미안 나 점심 먹었어.
아. 11시밖에 안 됐는데…점심을 일찍 먹는 편이구나!

미안 나 그 영화 봤어.
아. 아직 개봉 안 했는데…시사회 가서 봤구나!

미안 나 그날 약속 있어.
아. 한 달 후 일정도 미리 잡아두는구나!

미안 나 일찍 들어가봐야 해.
아. 해 지기 전이 통금 시간이구나!

미안 연락 안 했으면 좋겠어.

아. 요즘 아주 바쁘구나!

미안 나는 너 안 좋아해.

아. 아직은 내 노력이 부족하구나!

행복 회로를 과도하게 사용하면
큰, 정말 큰 부작용이 있습니다.

나만 행복해서 미안.
너는 나를 봐도 아무렇지 않을 텐데
나만 너를 볼 때 이렇게 많이 행복해서 미안.

=
빌려줄게요

당신을 힘들게 하는 사람
당신을 불안하게 하는 사람
당신에게 과분하다는 그 사람, 도대체 어떤 사람일까요.

나는 그 사람을 미워해야 할까요.
아님 고마워해야 할까요.
아니…내게 그럴 자격은 있는 걸까요.

힘들면 오늘처럼 나한테 기대면 돼요.
난 정말 그거면 돼요.

내 어깨도, 내 품도 빌려줄 수 있어요.
당신의 마음을 조금이라도 빌릴 수 있다면.

늦은 밤 너에게서 전화가 왔다.
너는 한숨을 푹 내쉬었고 괴로워했고 울먹였다.
술을 많이 마셨는지 횡설수설 고백했다.

포장 없이 알맹이만 쏟아내는 그 말에
너도 나와 같구나, 너도 많이 좋아하는구나 느꼈다.

너는 더는 친구로 지내고 싶지 않다고 했고
그건 나도 오랜 시간 간직해온 생각이었다.

그리고 너는 다시 한 번 진심을 다해 고백하곤
전화를 끊었다.

그런데 어쩌지.
네가 부른 이름은 내가 아닌데.

너는 내가 아니기 때문에

짝사랑은 비극이다

=
개
와
늑
대
의
시
간

그날 우린 밤새 술을 마셨다.

실없는 농담에 웃고, 힘들었던 지난날에 울었다.
잔을 부딪치고 서로의 살결을 스치며
한곳의 공기를 나눠 마시고
전하지 못할 말을 차가운 술과 함께 목으로 넘겼다.
취하는 게 술이었다가 너였다가…너였다.

빛과 어둠이 교차하는
그 새벽의 시간에 우리는 함께였다.
익숙하던 네가 낯설게 느껴지던 그때
나는 너를 사랑하기로 했다.

그리고
너는 쉽게 깬 그날의 술기운이
어쩐지 나는 아직 깨지 않는다.

다시 너와 밤새 술을 마시고 싶다.
그때의 낯설었던 너에게 하지 못한 말이 있다.

짝사랑하는 사람 짝사랑하는 사람을

너도 내 마음과 같기를 빌고 또 빌었는데
이건 아니지. 이렇게 같길 바란 게 아니란 말이야.
너도 나처럼 짝사랑을 하길 바란 게 아니야.
그 방향이 잘못 됐어.
그 사람이 아니라 나를 향했어야지.
나를 사랑했어야지.
왜 나와 같은 눈으로 다른 사람을 바라보고 있는 건데.
왜 내가 했던 행동들을 똑같이 따라 하고 있는 건데.

그럴 거면…들키지나 말지.

나는 이제 어떻게 해야 하는 건데.
네가 끝나길 바라야 하는 건지
내가 끝나길 바라야 하는 건지.

12월 5일
────────────────────────

나 너 좋아해.

고마워.

응? 그게 끝이야?

음….

음??

좋아해줘서 고마워.

12월 12일
────────────────────────

생각해봤어?

무슨?

나 너 좋아한다고 했잖아.

아. 알아.

그러니까 대답은 언제 해줘?

…고맙다고 한 것 같은데?

12월 19일

그러니까…오늘은 꼭 말해줘.

뭘?

내가 너 좋아한다는 말에…고맙다는 말 말곤
아무 말 안 했잖아.

누군가가 날 좋아해주는 건 고마운 일이잖아.

어? 그렇지만….

나한테 뭘 바라고 좋아해주는 거야?
그냥 고마워하면 안 되는 거야?

二
물
고
기

억지로 어장에 갇힌 물고기는 없다.
스스로 들어가길 원하는 물고기만 있을 뿐.

=
미
안
해

그 사람이 가져온 유일한 말은
'미안해'였다.

예상한 말이었다.
헛된 기대를 한 것도 아니었다.
아니, 어쩌면 기대를 했는지도 모른다.
그 사람이 미안함을 사랑으로 착각해서라도
곁에 있어줬으면 하는
미련한 기대를 했는지도 모르겠다.

수백 번을 생각하고 또 생각한 순간이었지만
괜찮을 거라고 연습하고 또 연습한 순간이었지만

그럼에도 불구하고
미안함의 대상이 되는 건
최악이었다.

사랑이 비참해지는 순간 /

나의 사랑이 그저

미안한 것이 되었을 때

= 사랑이 아니었어요?

네가 밀어내고 밀어내도 미련하게 맴돌았다.
애써 밝은 체했지만 괜찮지 않았다.
그래도 네 옆에서 묵묵히 기다렸던 건
늘 나 혼자 이런 마음은 아니었으니까.
가끔이지만 우린 같은 걸 느꼈고
같은 웃음을 지었으니까.

그런데도
왜 너는 여전히 아니라고만 하는 걸까.
왜 너는…나와의 시작을 두려워하는 걸까.

정말 사랑이 아니었어요?

나봐요

짝사랑 성공 그 후
===

그토록 너와 함께하길 바랐지만
나 혼자 사랑할 때가 더 행복했단 생각이 든다.

너와 함께인 지금이
이렇게 지옥 같을 줄 미처 몰랐다.

나는 이제 사랑 중인 줄 알았는데
여전히 구걸 중이고

우리가 서로 사랑하는 줄 알았는데
여전히 나만… 이러고 있다.

상상을 현실로 이룬 대가가
이렇게 고통일 줄은 몰랐다.

나를 받아줬을까?

이럴 거면 너는 왜

궁금하다

= 외
로
운
사
람

이해할 수 없었어.
어떻게 사람을, 사랑을
그렇게 대할 수 있는 건지.

사랑을 남김없이 긁어 약탈하듯 뺏어가더니
어느새 거들떠보지도 않고 버려두고
원하는 대로 떨어지려 하면
무슨 변덕인지 놓아주지 않고.

그런데
그땐 내가 어려서 몰랐나봐.
지금 생각해보니 너는,

정말 외로운 사람이었구나.
가여워라.

=
기
다
리
기
만

나는 매일 기다리기만 했다.
그게 당연하다고 생각했다.

내 의지로 그런 것이라 생각했는데
생각해보니 내가 할 수 있는 건 기다리는 것뿐이었다.

너를 좋아한다는 말을
참 쉽게 꺼내는 그 사람을 봤을 땐, 화가 났다.
부러워서 화가 났고 바보 같은 나 때문에 화가 났다.

내게는
너를 보는 매 순간순간이 망설임이었는데.
내 모든 기다림이 고백이었는데.

오늘도 나는 기다린다.

그 사람과 함께 있는 너를
그래 또 기다리기만 한다.

= 쉬운
사람

나는
밀면 밀리고
당기면 당겨지는 사람이 될게.

내가 아니어도 너는
그 사람 때문에 충분히 힘들 테니까.
뭐 하나 마음대로 안 되는 일투성이일 테니까.

너에게만은 쉬운 사람이 될게.

그렇게라도 네가 날 찾아준다면, 그게 어디야.

= 너와 나의 온도

똑똑 😮 날씨 추운데 뭐 하고 있었어? 나는 어젯밤에 미드 보다가 늦게 잠들어서 늦잠 잤지 뭐야~ 😵 오늘부터 아르바이트 안 가는 날이라서 다행이지, 시계 보고 얼마나 놀랐는지 몰라. 하하, 정말 나 웃기지? 😄 하하하. 아, 그런데 혹시 오늘 저녁에 시간 있어? 😊 바쁘면 바쁘다고 말해도 돼~ 나 정말 괜찮거든. 하하하

저녁에 별일 없어. 왜?

아 정말? 와~다행이다. 😊 헤헤~ 아니, 내가 어제까지 아르바이트했잖아. 너도 알지? 나 도서관에서 자료 정리하는 아르바이트했던 거. 거기 같이 일하는 선배 완전 진상이라고 내가 지난번에 말했었잖아. ☹ 뭐, 치마가 짧다는 둥, 흰색 옷은 별로라는 둥 정말 웃겨. 자기가 뭐라고. 진짜 황당하지 않냐?

어 그러게. 근데 저녁에 왜?

아, 맞다! 저녁 얘기하려고 했었지~ 헤헤. 미안미안~ 😜 아
르바이트를 어제 그만뒀는데 글쎄, 오늘 아침에 벌써 입금
을 해준 거야! 완전 빠르지? 나도 깜짝 놀랐다니까! 지난번
에 나 아르바이트 처음 가는 날에, 네가 어떻게 가야 하는
지 길 알려줬잖아! 나 완전 길치인데! 너도 알지? 예전에
학교에서 강의실 찾아가다 길 잃어버려서 수업 늦은 거! 그
때만 생각하면 지금도 땀이 뻘뻘ㅋㅋ 그래서, 내가 알바비
받은 거로 한턱 쏘려고! 너 아니었으면 나 아르바이트도 못
했을 거야! 아르바이트 별로 힘들지도 않았고, 돈도 생각보
다 많이 들어왔어! 나도 오늘 저녁에 부모님 여행 가셔서
혼자 밥 먹어야 하고 그래서 같이 먹으면 어떨까 싶어서 물
어봤어! 너 바쁘면 다음에 만나도 돼!

같이 먹자. 몇 시에 어디서 만나?

히힛! 너 뭐 먹고 싶어? 한식 양식 일식 중식? 나는 다 좋아해! 네가 좋아하는 거 먹자! 나는 어제 뷔페를 다녀와서 특별히 먹고 싶은 거 없거든! 그리고 내가 이따 점심에 너희 동네에서 약속이 있거든! 아, 별건 아니고 아는 언니한테 책 빌린 게 있어서 갖다주려고. 내가 6시까지 너희 동네로 갈게! 나 볼일 있어서 가는 거니까 부담 안 가져도 돼.

어, 이따 보자.

응~~😝 내가 이따가 너희 동네 근처에 맛집 검색해보고 리스트 보낼게~ 이따 보자! 천천히 나와도 돼!!

= 싫지는 않아

싫다는 말보다 최악은
싫지는 않다는 말.
싫어하는 감정이라도 있으면 부딪쳐보겠지만
싫진 않다는 말은…나를 무력하게 만든다.

세상에 싫지 않은 건 너무나도 많고
너에게 나란 사람이 고작 그중 하나라는 게
미치도록 슬프다.

그러니 좋지도 싫지도 않은 사람이 될 바에야
나는 미움받는 사람이 되겠다.
그렇게라도 너에게서 관심을 받기 위해
발버둥 칠 것이다.

=
부
족
해

아직 부족해. 나를 좋아한다는 그 말이 아직 솜사탕처럼 가볍고 달콤하기만 할 뿐이야. 좋아하는 게 너무 많은 너를 믿기엔 여전히 작고 위태로워. 나는 더 큰 걸 원해. 내 인생에서 너를 걸고 하는 도박에 고작 그 정도의 마음으로는 시작할 수 없어. 너의 마음이 내 마음만큼은 되지 않더라도, 지금 그 마음은 나에겐 너무 부족해. 나는 너랑 가볍게 만나고 싶지 않아. 부담스럽고 무겁고 진지하게 시작할 거야.

네가 나를 가장 사랑할 때, 나는 그때 너를 만나고 싶어.

＝
착
한
사
람

너를 보지 않는 사람
너에게 상처만 주는 사람
너에게만 나쁜 사람을 좋아하는 사람아.

네가 아무리 그런 사람을 좋아한다고 해도
나는 변함없이 미련하게 착한 사람을 할 거다.

너에게 사랑을 받지 못하더라도
너에게 상처 주는 건 정말로 못하겠다.

좋아하게 되어버렸는데

억울하다.
나는 정말 너에게 관심이 개미 손톱만큼도 없었는데
네가 자꾸 눈을 빛내며 나를 보고
붕어똥처럼 나를 졸졸 따라다니는 통에
어쩔 수 없이 이렇게 되었다.

그런데 너는 이제
왜 그런 어색한 눈으로 나를 보는 건지.
왜 자꾸만 나를 피하는 건지.
이제 나는 온 우주를 통틀어
너를 가장 좋아하게 되어버렸는데….
어째서 넌 벌써 끝인 건지.

그렇게 금방 식을 거였다면 쫓아다니지나 말지.
나는 느리게 시작한 만큼 느리게 끝나는데.

이제, 어쩌지?

＝
타
이
밍

짝사랑에도 타이밍이 있다.
끝내야 할 타이밍.
이만큼 했으면 충분하다고,
이제 그만 아파해도 된다고.

이젠 나를 사랑할 때야.

보고 싶다.

이 한마디를 하지 못한다, 너에게는.
네가 대답하지 못할 말은 하지 않는 게
내가 해야 하는 배려가 되었으니.

=
그랬으면 좋겠다

내가 조금 더 예뻐졌으면 좋겠다. 조금 더 날씬했으면 좋겠다. 말을 조금 더 사랑스럽게 할 수 있으면 좋겠다. 웃음소리가 크지 않았으면 좋겠다. 손가락이 짧지 않았으면 좋겠다. 머릿결이 부드러웠으면 좋겠다. 흰 코트가 잘 어울렸으면 좋겠다. 굽 높은 신발을 신지 않아도 너와 눈을 마주칠 수 있으면 좋겠다. 너의 손을 꼬옥 잡고 배시시 웃을 애교가 있으면 좋겠다.

너의 옆에 있는 그 사람처럼 나도 그랬으면 좋겠다. 나도 그랬으면 좋겠다.

나도 그랬다면, 너와 손을 잡고, 너와 눈을 맞추고, 너와 같은 웃음을 지으며, 너와 나란히 걸을 수 있었겠지. 그랬다면, 네가 예뻐해주고, 사랑스러워해주는, 너와 어울리는 사람이 그 사람이 아닌 내가 될 수 있었겠지.

二
꽃

꽃을 사주고 싶다는 생각이 들었다.
꽃집 앞에 나와 있는 알록달록한 꽃들을 보니까
그 꽃을 든 너의 모습이 보고 싶어져서.

너랑 잘 어울릴 것 같은 화려한 꽃부터
작고 수수한 꽃까지 이름과 꽃말을 물어봤는데
결국 아무것도 사지 못했다.
어떤 핑계라도 만들어보려고 했는데
내가 너에게 꽃을 줄 수 있는 이유는
아무리 생각해도 없더라.

약속 없이, 예고 없이, 핑계 없이
내가 너에게 꽃을 사줄 수 있는 사이였으면 좋겠다.

사랑해줘요 용기 있는 사람의 특권이니까

=
너
의
의
미

날 좋아해주는 사람.
자존감 충전소.

누구든 나를 좋아해줬으면 좋겠다고 생각했는데
마침 나를 좋아해주는 사람. 그뿐.

PART
3

아직 끝나지 않았을 때

내가 헤어지자고 하면 무시해줘.
그거 그냥 투정이야. 힘들어서 심술 부리는 거야.
유치하고 자존심이 세서
나 좀 더 좋아해달라는 말을 그렇게 하는 거야.

그러니까 내가 헤어지자고 하면
넌 그냥 잠깐 헤어지는 척만 해줘.
모질게 말하고 차갑게 돌아서도
나 다시 돌아오는 거 알잖아. 그냥 늘 그랬듯 꼭 안아줘.
우린 아주 특별한 커플인데
겨우 그렇게 헤어질 순 없잖아.

그러니까 우린 헤어져도 절대 헤어진 게 아냐. 알겠지?

그래서 나는 아직도 헤어지지 않았는데.
너는…. 너는 이제 정말 헤어진 걸까.

三

남은 마음

너는 뒤도 돌아보지 않고 떠났다.
우리의 지난 사랑에 최선을 다했기에
어떤 미련도 남지 않는다며
참 모질게 나를 끊어냈다.

하지만 나는 마음이 남았다.
너에게 주고 싶은 사랑이 아직 남았다.

지독히도 이기적인 너에게
나는 마음이 남았다.

상자 안에 고양이가 있다.
그 고양이가 살아 있을 확률은 50,
죽었을 확률도 50.

상자의 뚜껑을 닫는다.
그 뚜껑을 열지 않으면 고양이는
살아 있지도 죽어 있지도 않은 상태가 된다.
뚜껑을 열어 직접 확인하지 않는다면.

상자 안에 너와의 기억이 있다.
아직 사랑하고 있을 확률 50,
끝났을 확률 50.

다시는 열어보지 않겠다고 다짐했다.
그런데 너무 급히 닫은 건지
문득문득 그 상자를 열어보고 싶어진다.

살았을까?…죽었을까?

너와의 사랑은 슈뢰딩거의 고양이처럼
산 것도 아닌. 죽은 것도 아닌.
누군가 열어보기 전까진
아무것도 아닌.

사
랑
이

끝
나
는

순
간

 건너편에 그녀가 있다.

건너편에 그가 있다.

사실 아까부터 보였다.

돌아서 갈걸. 괜히 이 길로 왔다.

 어제는 옆모습만 봤는데, 오늘은 이렇게 마주 보고 있다.

헤어지고 나서 처음 보는 것 같다.

그녀와 헤어진 지 두 달하고 삼 주가 지났다.

꽤 시간이 지난 것 같은데….

 앞머리가 많이 길었다.
눈에 찔린다고 불편해한 것 같은데….

쟨 무슨 생각을 하고 있을까. 날 못 본 걸까?

입술을 깨문다. 뭔가 성가신 생각을 할 때의 버릇이다.

지나갈 때 쿨하게 인사라도 해야 할까?

 그날, 쿨한 척 그녀를 보내주는 게 아니었다.
다시 붙잡고 싶다. 귀찮은 건 딱 질색인 너에게
처절하게라도 매달리고 싶다.

그래 뭐. 우린 깨끗하게 정리된 사이니까.

지금 보니 날 못 본 게 아니라
아무렇지 않게 보고 있는 것 같다.
예쁘다. 여전히 넌 너무나 예쁘다.
여전히 넌, 날 꼼짝할 수 없게 만든다.

그래 그럼. 나도 떳떳하게 지나가야지.
아. 수업 늦겠다.

**사랑이 끝나는 순간,
누군가의 짝사랑이 시작된다.**

멀
어
짐

네가 섬세한 만큼 나는 무뎠다.

네가 상처받는 동안 나는 아무것도 몰랐고
그렇게 천천히 영문도 모른 채
너에게서 멀어짐을 당해야만 했다.

잠에서 깨도 눈을 뜨고 싶지 않아요.

이렇게 눈을 감고 있으면 아직 이게 꿈일 수도 있겠다,
우리가 헤어진 게 아닐 수도 있겠다는 생각에
감은 눈을 한 번 더 질끈 감아요.

그럼 온몸이 열리고
뜨거운 열이 휘감는
익숙해지지 않는 고통이 또 찾아오지만

그래도 무서워서 눈을 못 뜨겠어요.
눈을 뜨면 현실이니까.
우리가 헤어졌다는 게.

다른 사람들은 이럴 때 어떻게 하죠?
저는 이제 어떻게 해야 하나요?

이러다 괜찮아질 수 있는 거면
그때까지는 어떻게 살아가야 하죠?

겨울엔 날씨가 추운 것처럼
당연한 게 네 사랑이었고
추울 땐 껴입었다 더우면 벗는 것처럼
마음대로 하는 게 내 사랑이었다.

사랑받는 게 익숙해질 즈음
상처 주는 것도 익숙해졌다.
그리고 그게 익숙해지길 기다렸다는 듯 너는 떠났다.

오랜 시간이 흘렀다.
내가 아직 너를 사랑하고 있기에도 이상할 만큼
시간이 흘렀지만
나는 그 누구도 사랑하지 못하고 있다.
그리고 아직…
네가 날 사랑하지 않는다는 걸 믿지 못하고 있다.

사랑을 당연하게 여겼던 사람의 최후는
미련한 짝사랑이다.
그때의 당연했던 너의 사랑을 짝사랑하고 있다.

또다시 사랑을 시작하는 게 무섭다. 시작하는 사람들의 설렘과 벅찬 행복감을 다시금 느낀다는 게, 그것 역시 거품처럼 사라진다는 걸 또 한 번 알게 된다는 게 그리고 내가 잘했다면 행복을 망치지 않았을 텐데 라며 또다시 나를 미워하게 된다는 게.

다들 잘만 하는 사랑이 나에게만 비극이다. "짜인 이야기 속에서 정해진 결말을 향해 달려가는 어리석은 주인공이야 너는." 누군가 그렇게 속삭인다. 그러고는 언제나 새드엔딩. 그렇게 망치는 사람 역시 언제나 나. 그래서 사랑을 다시 시작하는 게 두렵다. 또다시 후회하고 아파하고 싶지 않다. 또다시 나를 미워하고 싶지 않다.

하지만 그래도 사랑이라면, 그래도 사랑을 해야 한다면…. 그저 이번엔 운명적 사랑은 아니길 바란다. 그저 그런 사랑이길 바란다. 운명적 사랑이라면 그걸 놓치는 건 또 나일 것 같아서.

꼭
하고
싶었던
말

우연이라도 널 다시 본다면 꼭 하고 싶었던 말이 있었어.

널 사랑하지 않은 적, 단 하루도 없었어.

난 사랑에 서툴렀던 만큼.
이별에도 서툰 것 같아.

...
사랑해.

우리가 헤어진 이유

너
의

이
야
기

우리가 헤어진 이유를 모르겠어.

아무리 머리를 쥐어뜯어도 생각이 나질 않아.

우린 왜 헤어진 걸까.

함께여서 힘들었던 시간보다

네가 없는 지금이 더 힘든데.

우린 왜 헤어진 걸까.

감상에 젖어 꼴값 떨지 말고
아련한 척 슬픈 척하느라
네가 제일 잘 알고 있는 그 이유 모르는 척 덮어두지 마.

우리가 헤어진 이유는
네가 더는 날 사랑하지 않았기 때문이야.

뒤늦게 다시 사랑하고 싶은 거라면
이젠 네가 해봐. 혼자 사랑하는 거.

난 끝났거든.

≡
아
직
도

오늘도 꿈속에
네가 나왔다.

넌 모르는 것 같다.
내가 아직도 이런다는 걸.

≡

처음부터 너였다

주머니 속에서 핸드폰을 쥐었다 놓았다, 한숨을 쉰다. 생각나는 사람은 많지만 전화를 걸고 싶은 사람은 없다. 누군가와 이야기하고 싶지만 혼자 있고 싶다. 무슨 말을 하고 싶은지 그저 답답하다. 외롭다. 실체 없는 외로움이 뜻하지 않은 순간, 나의 시간을 삼켜버렸다. 집에 들어가지도 어딘가 가지도 않고 그저 벤치에 앉아 멍하니 생각한다. 복잡하게 얽혀 있는 생각들을 하나씩 지워본다. 기쁘지도 그렇다고 슬프지도 않은 기분들을 닦아낸다.

결국 너다. 이유도 핑계도 없이 그저 너만 남았다. 이러지도 저러지도 못하게 만드는 건 역시 너뿐이다. 그러니까 너는 지금 뭘 하고 있을까? 이 말을 하고 싶었을 뿐이다.

오늘 친구들이랑 많이 마셨어. 미안.

늦었어. 얼른 들어가.

넌 집이야?

응.

넌 술 안 마셨어?

응.

그럼 이건 또 너만 기억하겠네.

….

보고 싶어.

….

보러 가도 돼?

아니.

…너 좋아하는 단팥빵 왕창 사 갈게.

….

기다려. 택시 탈게.

우리 헤어졌잖아.

….

우리 헤어졌어.

….

그러니까 이제 집 가는 길에 전화 안 해도 돼.

주제곡

"무더운 밤 잠은 오지 않고
이런저런 생각에 불러본 너"

너와 나의 주제곡이었던 노래가 흘러나온다.

그해 여름, 우리는 자주 가던 카페 테라스에 앉아 서로의 시간을 나눴다. 카페의 플레이리스트를 외울 만큼 우리는 그곳에서 많은 시간을 보냈다. 아무것도 하지 않고 서로에게 기대 음악을 듣는 게 유일한 일과였던 여름이었다.

가을이 오고, 겨울이 왔다.
영원히 함께일 줄 알았던 우리는 계절이 바뀌듯 자연스레 멀어졌고, 그때 즈음 카페의 플레이리스트도 바뀌었다. 그리고 우리 둘 중 누구도 그 순서를 외우지 않았다.

다시 여름이다.

우리의 단골 카페였던 이곳에 나 혼자 앉아 있다. 그때의 우리 주제곡이 흘러나온다. 어디선가 네가 이 노래를 듣는다면 조금이라도 내 생각이 날는지 궁금하다.

나는 이 카페에 앉아 플레이리스트를 다시 외우고 있는데.

나는 찌질이입니다.
쿨하지 못하게 끝난 사람 붙잡고
놓아주지 못하는 중입니다.

술만 마시면 전화합니다.
술 안 마셔도 전화하고요.

아침에 눈 뜨자마자 SNS 확인합니다.
수상한 댓글은 다 추적해서 관계 파악하고요.

같이 자주 가던 카페에서 삽니다.
쿠폰 너무 많이 모았고요.

그 사람도 지긋지긋하겠죠.
이러는 나도 질리는데.

그런데 어떻게 해요.
이렇게라도 안 하면 내가 못 살겠는데.

미련에 대하여

미련 1

이젠 정말 나도 끝이야.
네가 돌아온다고 해도 받아주지 않을 거야.

미련 2

그런데 혹시나 해서 물어보는데
돌아오지 않을 거지?

미련 3

그런데 그때 그 말 무슨 뜻이었어?
너도 아직 나 좋아한다는 것처럼 들렸는데.

미련 4

마지막으로 물어보는 거야.
너 진짜 끝인 거지? 후회 안 할 거지?

미련 5

무릎이라도 꿇으라면 꿇을게.
마지막으로 한 번만 더 생각해줘.

:
:

미련 973

정말 마지막으로 나한테 할 말 없어?

너는 평생 나만 좋아할 줄 알았다….
그냥 너는 그렇게 태어난 사람인 줄 알았다.

지독한 이별 후, 약 백 일의 시간이 지나면
좌측 전두엽 부근에서 미화부장이 슬며시 기어나옵니다.
그러곤 커다란 빗자루를 들고
숨어 있던 기억의 파편들을 쓱쓱 모아
이곳저곳에 펼쳐두고 고민하기 시작합니다.

좋은 기억에는 필터 효과를 넣어 더 아련하게 만들고
나쁜 기억에는 물안개를 피워 더 애틋하게 꾸며줍니다.
미화부장의 이러한 노고 덕분에
나도 모르는 사이 추억 여행을 떠납니다.

오늘 밤도 그 사람과 아름다웠던 기억으로
잠 못 이루고 있다면
당장 미화부장부터 해고하세요.

네. 그거 다 미화된 기억입니다.

시간 속에 살기로 한다

시간이 약이라고, 언젠간 다 잊힐 거란 말에
나는 시간 속에 살기로 한다.
고작 시간이 흘렀다는 이유로
너를 잊기도, 너에게 잊히기도 싫다.
특별했던 우리가
그 누구와 같은 이유로 사라지는 게 두렵다.
지금 네 옆에 있을 수 없다면
지난 시간에라도 너와 함께 있고 싶다.
나는 괜찮다.
우리가 함께 웃던
그 모습 하나만 바라보며 살아도 나는 괜찮다.

나는 여기 시간 속에 살고 있을 테니
너는 가끔…생각이 난다면, 들렀다 가도 좋다.

≡
다시

나 혼자 사랑을 시작했다.
행복했다.

너는 잠시 내 곁에 머물다 떠났다.
그래도 난 황홀했다.

처음처럼
나 혼자 너를 사랑하면 그뿐이다.

너랑 끝난 게 아니라 다시 처음으로 돌아간 것뿐이다.
그러니 슬플 것 없다.
마음 아플 것 없다.

끝
나
지
않
았
다

우리가 끝났다고 말하는
너의 입을 틀어막고 싶었다.

네가 그렇게 말해도
내가 할 수 있는 말은
그럴 수 없다는 말뿐이다.

그래 봤자 소용없다고,
곧 또다시 끝이 난다 해도

바닥까지 쥐어짜내서라도
억척스럽게 조금 더 네 마음을 가지고 싶다.

나는…
네 마음이라면
한 방울도 남길 수 없다.

이
기
적
인

끝

이별을 통보하고 너는 사라졌다.
연애하는 내내 날 힘들게 하더니
너는 끝까지 너다웠다.

그런데도 나는
조금도 위로받지 못한 나보다
어디선가 혼자일 네 근황이 더 걱정이다.

네가 나를 더는 사랑하지 않는 것 같아. 이 한마디만으로도 눈물이 나는 거 보니까 이미 알고 있었나보다, 나. 시간이 많이 지난 만큼 변하는 건 당연하다 생각했어. 사소한 행동, 말투도 변할 수 있지…. 이해했어. 하지만 너의 눈을 보는 순간, 더는 내가 미련하게 버틸 수 없겠더라. 너는 숨기려는 노력도 하지 않기로 했나봐. 이제는 정말 끝이 나는 거구나, 우리도. 내가 더 해줄 수 있는 게 없는 줄 알았는데, 딱 하나 있었네.

우리, 헤어지자.

너에게
더는
사랑하지
않는

노력하면 할 수 있을 거라 생각했어. 다시 너를 사랑할 수 있을 거라 믿고 있었어, 나. 그런데 처음 널 사랑하게 된 것도 노력한 게 아니었던 만큼, 사랑하지 않는 것도 어쩔 수 없더라. 너에게 모든 걸 보여주고 싶어 안달이었던 내가 계속 숨기기만 하던 순간, 너의 눈을 봤어. 내가 지금 너에게 무슨 짓을 하는 걸까. 우리도 남들처럼 이렇게 끝나는 걸까. 너를 잃고 살아갈 수 있을까. 다시 나를, 너만 사랑하게 만들어줘. 헤어지는 게 무서워.

오늘도 나는

나를 끄고

너를 켜 놓는다

≡

해
바
라
기

언젠가는 그를 미워하게 될 것이라 믿고 사랑했다.
그 사람만 바라보는 나를 위해 부린
마지막 자존심이었다.

그래서 뜨겁게 갈망하고 사랑할 수 있었다.
이 마음을 다 써야 미워할 수 있을 거라는 생각에
하염없이 사랑했다.
그리고 할 수 있는 모든 걸 다 쏟아내었을 때
나는 결코 그 사람을 미워할 수 없다는 걸 깨달았다.

기다림이 끝난 언덕 위 해바라기는
고개를 숙인 채 까맣게 타들어간다.
끝내 미워하지 못하고
속으로 뜨겁게 삼켜버린 게 꼭 나와 같다.

내가 너를 미워하지 못한 만큼
너도 나를 가여워하지 않길 바란다.

내가 죽은 이곳이
절망의 언덕처럼 보이지 않길 바란다.

≡
우
연
히

우리가 우연히 마주친다면
어떤 표정을 지어야 할지 내내 연습했어.

그런데 소용없더라.

아무렇지 않게 마주 보며 웃고 싶었는데
네가 잘 지내는 만큼
나도 잘 지낸다고 보여주고 싶었는데….

네 눈을 보는 순간, 고개를 숙일 수밖에 없었어.
여전한 내 마음 들킬까봐.

네가 싫어서 피한 게 아니야.
싫어하지 않는 걸 들키기 무서웠던 거야.

'사랑'에 대해 이야기를 할 땐
나는 어쩔 수 없이 또 너를 꺼내야 한다.
시간이 많이 흘렀는데도
여전히 나의 기준은 '너'인가 보다.

상
호
작
용

왜 그렇게 봐?

　　　그냥. 나도 뮤직비디오 속에서 살고 있는 것 같아서.

그게 무슨 말이야?

　　　너를 보고 있으면 시간이 느려지고
　　　햇살도 잡을 수 있을 것 같거든.

오…오글거려.

　　　더한 말도 생각나는데 참고 있는 거야.

요즘엔 왜 그런 말 안 해?

　　　무슨 말?

햇살 어쩌고 시간 어쩌고.

　　　아…사랑해.

뭐?

　　　사랑한다고. 이제 됐지?

헤어지는 거야, 우리도?

               …

…우리도 헤어지는구나.
      좋은 사람 만나. 너 많이 사랑해주는 사람.

너, 나 많이 사랑했잖아.
      …난 네가 원하는 만큼 표현할 줄 모르잖아.
      표현 많이 해주는 사람 만나.

 그만 전화해.
     내가 잘할게. 많이 노력할게.

무슨 노력?
     이제 어떻게 표현해야 할지 알 것 같아.
     네가 원하는 만큼 내가….

난 원한 적 없어. 처음부터 끝까지 멋대로 한 건 너야.
          …

넌 혼자 사랑하고 혼자 끝내더라.
다음 만나는 사람은 꼭 같이 사랑하길 바랄게.

짝사랑을 끝내야 할 때

누군가를 사랑하는 건 정말 아름다운 거예요. 나도 몰랐던 나의 모습을 보게 되고, 뭐든 할 수 있을 것 같고, 이때까지 살아온 세상에선 겪을 수 없었던 찬란한 행복도 느끼게 하죠. 그래서 누구나 꼭 했으면 하는 게 사랑, 짝사랑이에요.

하지만 그런 짝사랑도 그만둬야 할 때가 있어요. 그 사람을 사랑해서 변한 내 모습이 더는 행복해보이지 않을 때. 희망이 없고 불행할 때. 그건 짝사랑을 끝내야 할 때에요. 내가 줄 수 있는 사랑은 이제 끝난 거예요. 나의 행복을 소멸시키면서 그 사람을 사랑하지는 말아요. 나를 바닥 저 아래까지 갉아먹으면서 그를 사랑하지는 말아요. 짝사랑 중인 그대가 불행하다면, 지금은 그 사람의 사랑이 아닌 누군가의 위로가 필요한 때예요.

그만해요 우리.

결말을 보지 않는 너에게

책도 드라마도
결말은 보지 않는다던 너의 말이 생각나.

결말을 보면 더 이상 멋대로 상상할 수가 없다며
차라리 이대로 덮어두면 그 이야기는
끝나지 않는 이야기가 될 거라고.

그런데
이젠 그러지 않았으면 좋겠어.

너도 알잖아. 우리에게도 결말이 있다는 걸.
애써 모르는 척, 아닌 척, 덮어두지 마.
사랑했던 사람아! 가여운 사람이 되지 마.

더는 끝나지 않는 이야기로 가둬두지 말고
새로운 이야기를 썼으면 좋겠어. 너도.

우리의 결말은
정말 끝이 났다는 거야.

예외는 있다

낭만이 없는 현실에도

사랑을 계속하는 이유

우리가 그럼에도 불구하고

짝사랑을 한 번도 해본 적 없다는 너에게

왜 그때 그 감정을
사랑이라고 말하지 않는 거야?

왜 짝사랑을 두려워하는 거야?

살아가면서 그래,
나보다 타인을 더 생각해본 적이 있는지.
대가 없이 주기만 해본 적은 있는지.
가질 수 없음에 가슴을 칠 만큼 답답해본 적이 있는지.
그 사람을 위해
모든 걸 할 수 있겠다는 생각이 들어본 적은 있는지.
우습던 사랑 얘기가
그 사람과 나의 것이 된 적은 있는지.

정신 못 차리고 누군가에게 빠져 살아간다는 건
내 생에서 그때, 아주 한순간 유일한 판타지 장르이니
그렇게 해봤으면 좋겠어.

백 가지 고통이 있더라도
백한 가지 행복이 있으니
그렇게 해봤으면 좋겠어.

너도, 나도.

시작도 끝도 알 수 없기 때문에

그래도 우리가 짝사랑을 계속하는 이유

엔딩 크레딧

끝이에요.
엔딩 크레딧이 올라가겠죠.

내 짝사랑의 엔딩 크레딧에는
누구의 이름이 올라갈까요?

왜
전지적
짝사랑
시점일까

언제나 사랑은 나의 약점이었다.

　보이지 않는 감정이 나를 쥐고 흔드는 느낌은 생소하고 불안했으며 고통이었다. 그런데도 언제나 영원할 것처럼 시작했고, 다신 없을 것처럼 끝냈다. 사랑만큼은 실패하고 싶지 않았고 잘해내고 싶었지만, 항상 실수투성이였고 후회 덩어리였다. 알 것 같다가도 더 모르게 되는 게 사랑이었다.

　그래서 나의 사랑은 언제나 짝사랑이었다. 사랑이라 말하기엔 너무나 불완전했기 때문에, 너무 서툴렀기 때문에 한쪽이 없는 짝사랑이라 불렀다. 짝사랑. 온전하지 못한 그 이름이 딱 우리들의 사랑이었다. 혼자 시작했던 그 사랑도, 너와 함께 하던 그 순간도, 끝이 나고 난 후에도 우린 짝사랑이었다.

　짝사랑을 전지적 시점으로 볼 수는 없다. 그저 그러고

싶은 소망을 담았다. 내가 어떤 마음인지 너는 어떤 마음인지 그걸 안다면 우리는 그렇게 고민하고 아파하지 않았을까 하는. 그런 소망으로 들여다본 시점이다. 여러 사람의 목소리를 빌려 담아본 이야기는 나에 대한 변명과 그 사람에 대한 이해로 가득하다. 어느 사랑 하나 틀렸다고 말하고 싶지 않은 마음에 여기저기 핑계와 횡설수설이 난무하겠지만 그대가 하는 그런 사랑도 있고, 여기 나도 있다고 말하고 싶다.

짝사랑을 하는, 해본 적 있는 사람이 봤으면 좋겠다.
그리고 해본 적 없다는 사람은 두 번 봤으면 좋겠다.
여기 있는 수많은 짝사랑 중에 그대에게 위로 한 줄기가 될 수 있는 글이 있길. 짝사랑할 때 꺼내 먹을 수 있는 글이 되길. 사랑을, 짝사랑을 시작해볼까 살랑 긁어줄 수 있는 글이길.

겨울 지나 봄을 기다리며… *이나은*

1판 1쇄 발행 2018년 2월 19일
1판 3쇄 발행 2018년 11월 12일

지은이 와이낫미디어 이나은
그린이 명민호
발행인 오영진 김진갑
발행처 나무의철학
책임편집 김율리
기획편집 임나리 함초롬
디자인총괄 안윤민
마케팅홍보 박시현 박미애 신하은 박준서
경영지원 이혜선

출판등록 2006년 1월 11일 제313-2006-15호
주소 서울시 마포구 월드컵북로5가길 12 서교빌딩 2층
전화 02-332-3310 팩스 02-332-7741
블로그 blog.naver.com/midnightbookstore
페이스북 www.facebook.com/tornadobook
ISBN 979-11-5851-090-9 03810

이 책은 저작권법에 따라 보호를 받는 저작물이므로 무단전재와 복제를 금하며,
이 책 내용의 전부 또는 일부를 사용하려면 반드시 저작권자와
나무의철학의 서면 동의를 받아야 합니다.

잘못되거나 파손된 책은 구입하신 서점에서 교환해 드립니다.

책값은 뒤표지에 있습니다.

이 도서의 국립중앙도서관 출판예정도서목록(CIP)은
서지정보유통지원시스템 홈페이지(http://seoji.nl.go.kr)와
국가자료공동목록시스템(http://www.nl.go.kr/kolisnet)에서 이용하실 수 있습니다.
(CIP제어번호: CIP2018002768)